Le CŒURDONNIER

SOPRANO AUDE LÉONARD

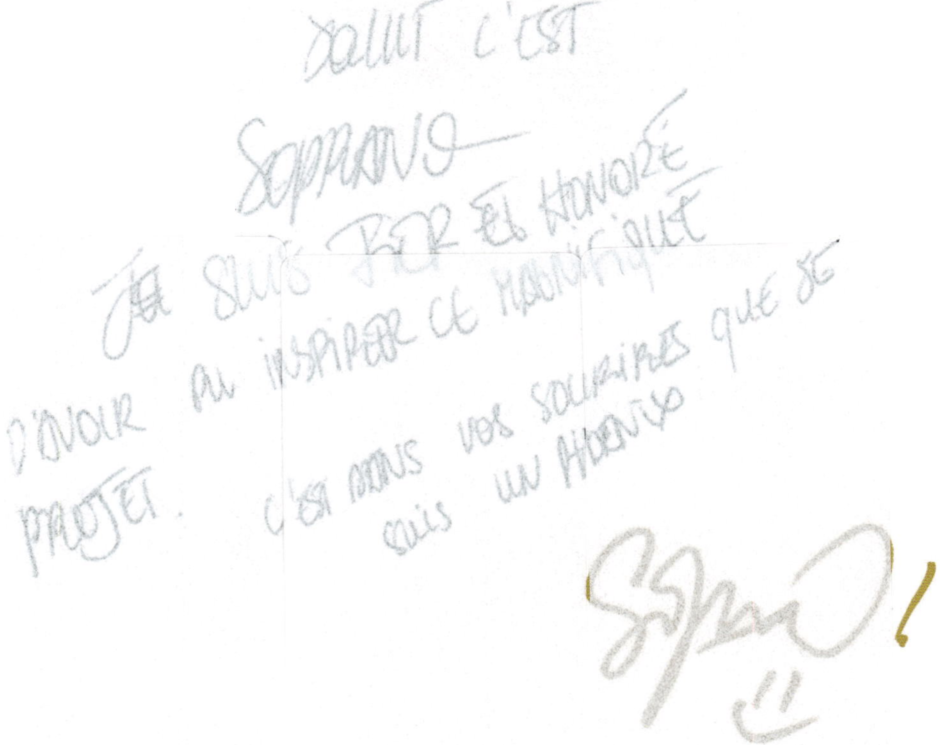
SALUT C'EST SOPRANO
JE SUIS FIER ET HONORÉ D'AVOIR PU INSPIRER CE MAGNIFIQUE PROJET.
C'EST DANS VOS SOURIRES QUE JE SUIS UN HÉROS
Soprano !

"À tous les magiciens des couleurs qui illustrent les murs du quartier du Panier, et un clin d'œil particulier au peintre qui a réalisé la fresque du baiser. Merci."

A. L.

Qui a vu le cœurdonnier ?

Le monde a le cœur déchiré

Il aimerait tellement aimer

Mais les hommes,

        mais les hommes,

                mais les hommes

Où t'ont-ils fait prisonnier ?

Mes prières doivent te libérer

Le cœur du monde veut être sauvé

Mais les hommes,

mais les hommes,

mais les hommes

Je vois dehors

Des cœurs en panne

Des cœurs en or

Devenir des cœurs de pierre

Des cœurs de glace

Des cœurs en flamme

Des cœurs qui explosent

Au milieu de cœurs de verre

Si tu nous entends
Viens donc le réparer
Le cœur du monde va mal
Monsieur le cœurdonnier

On a le cœur déchiré
On a le cœur déchiré
On a trop besoin d'aimer

Où es-tu le cœurdonnier ?

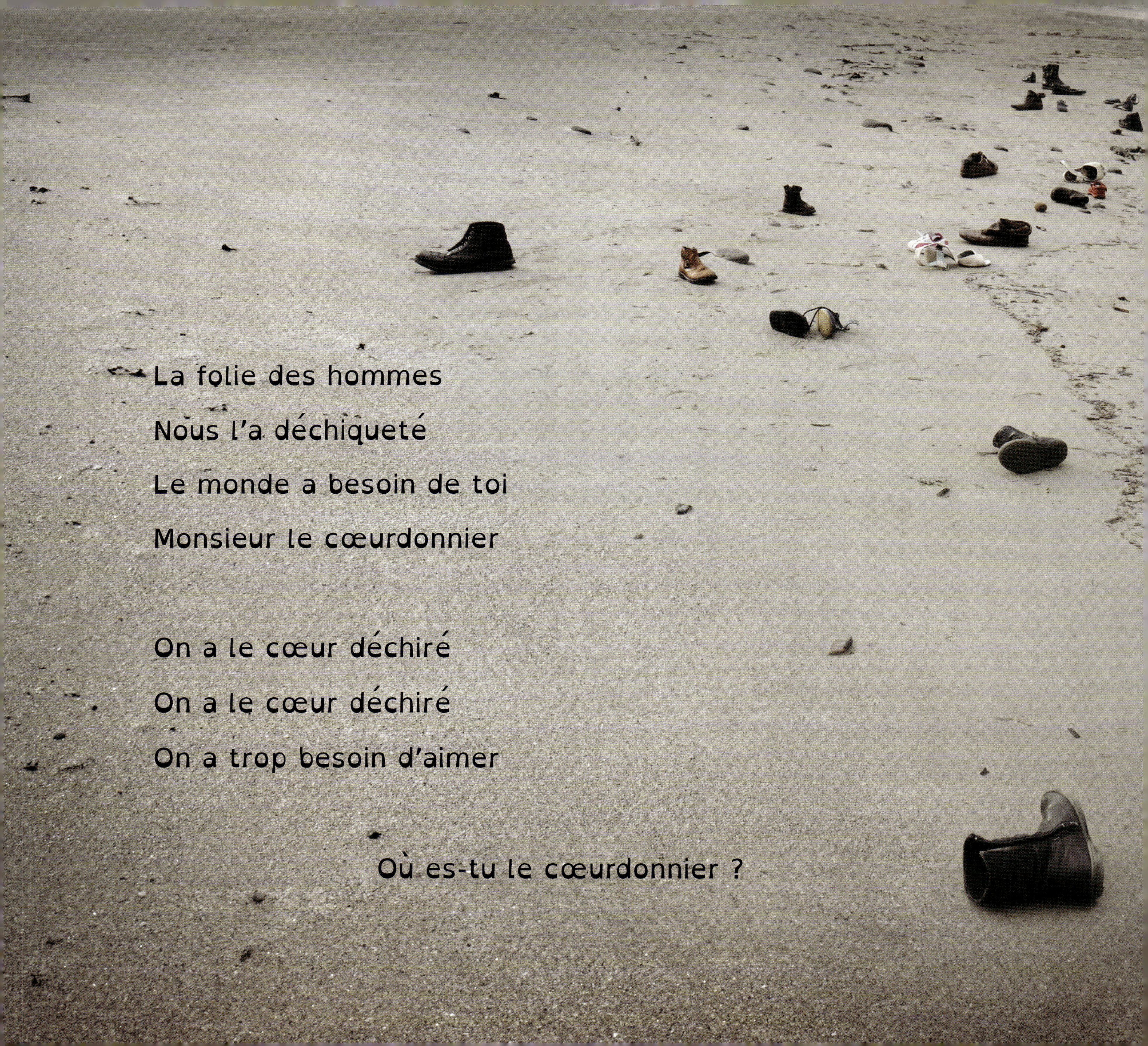

La folie des hommes
Nous l'a déchiqueté
Le monde a besoin de toi
Monsieur le cœurdonnier

On a le cœur déchiré
On a le cœur déchiré
On a trop besoin d'aimer

Où es-tu le cœurdonnier ?

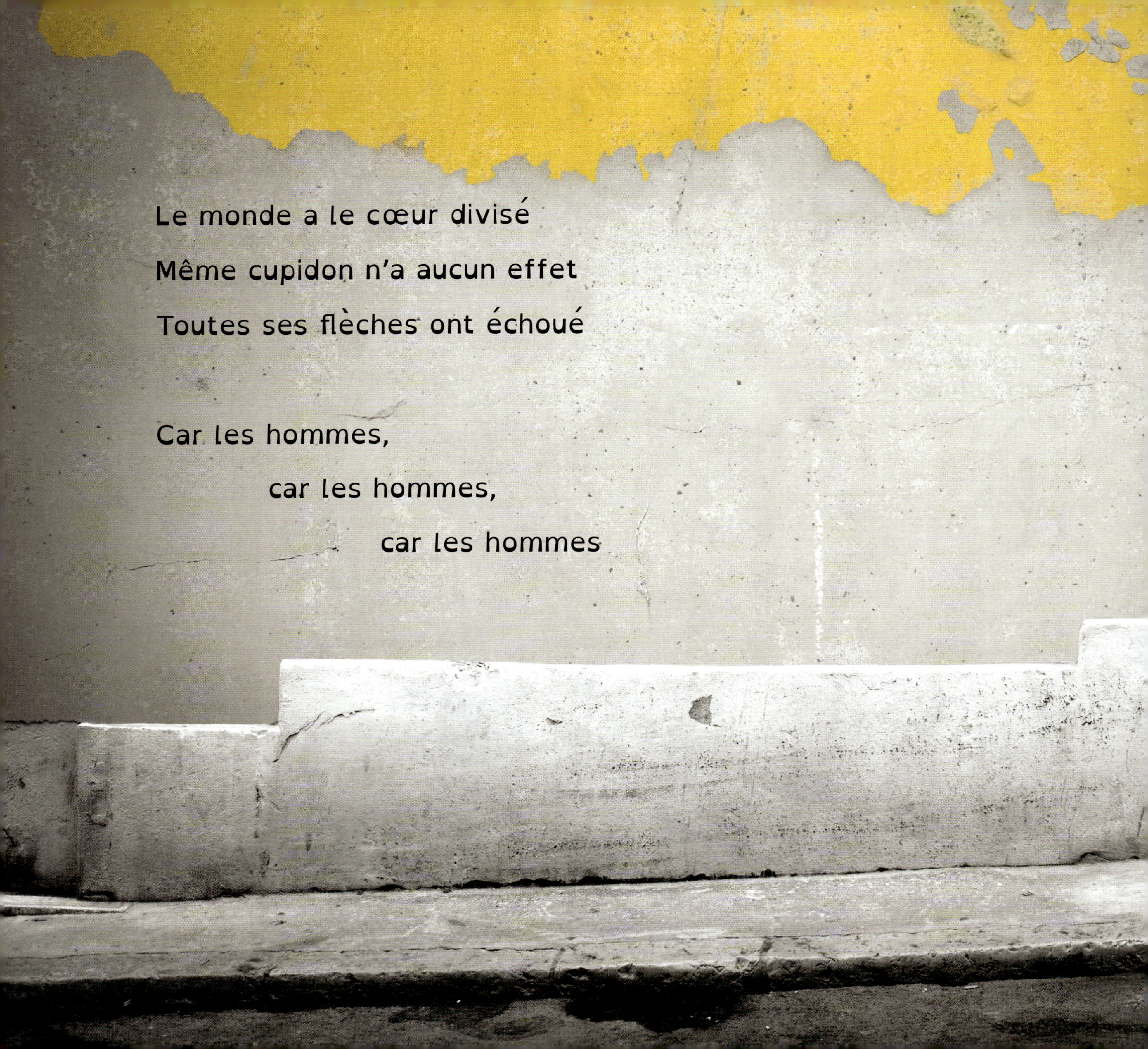

Le monde a le cœur divisé
Même cupidon n'a aucun effet
Toutes ses flèches ont échoué

Car les hommes,
car les hommes,
car les hommes

fficher
llet 1881

La fumée des bombardiers

La pollution l'empêche de respirer

Le cœur du monde va s'arrêter

Car les hommes,

car les hommes,

car les hommes

Je vois dehors
Des cœurs en panne
Des cœurs en or
Devenir des cœurs de pierre
Des cœurs de glace
Des cœurs en flamme
Des cœurs qui explosent
Au milieu de cœurs de verre

Si tu nous entends

Viens donc le réparer

Le cœur du monde va mal

Monsieur le cœurdonnier

On a le cœur déchiré

On a le cœur déchiré

On a trop besoin d'aimer

Où es-tu le cœurdonnier ?

La folie des hommes
Nous l'a déchiqueté
Le monde a besoin de toi
Monsieur le cœurdonnier

On a le cœur déchiré

On a le cœur déchiré

On a trop besoin d'aimer

Où es-tu le cœurdonnier ?

Où es-tu, où es-tu, où es-tu

le cœurdonnier ?

Où es-tu, où es-tu, où es-tu

le cœurdonnier ?

Où es-tu, où es-tu, où es-tu

le cœurdonnier ?

On a le, on a le, on a le cœur déchiré
On a le cœur déchiré
On a le cœur déchiré
On a trop besoin d'aimer

Où es-tu le cœurdonnier ?

fficher
llet 1881

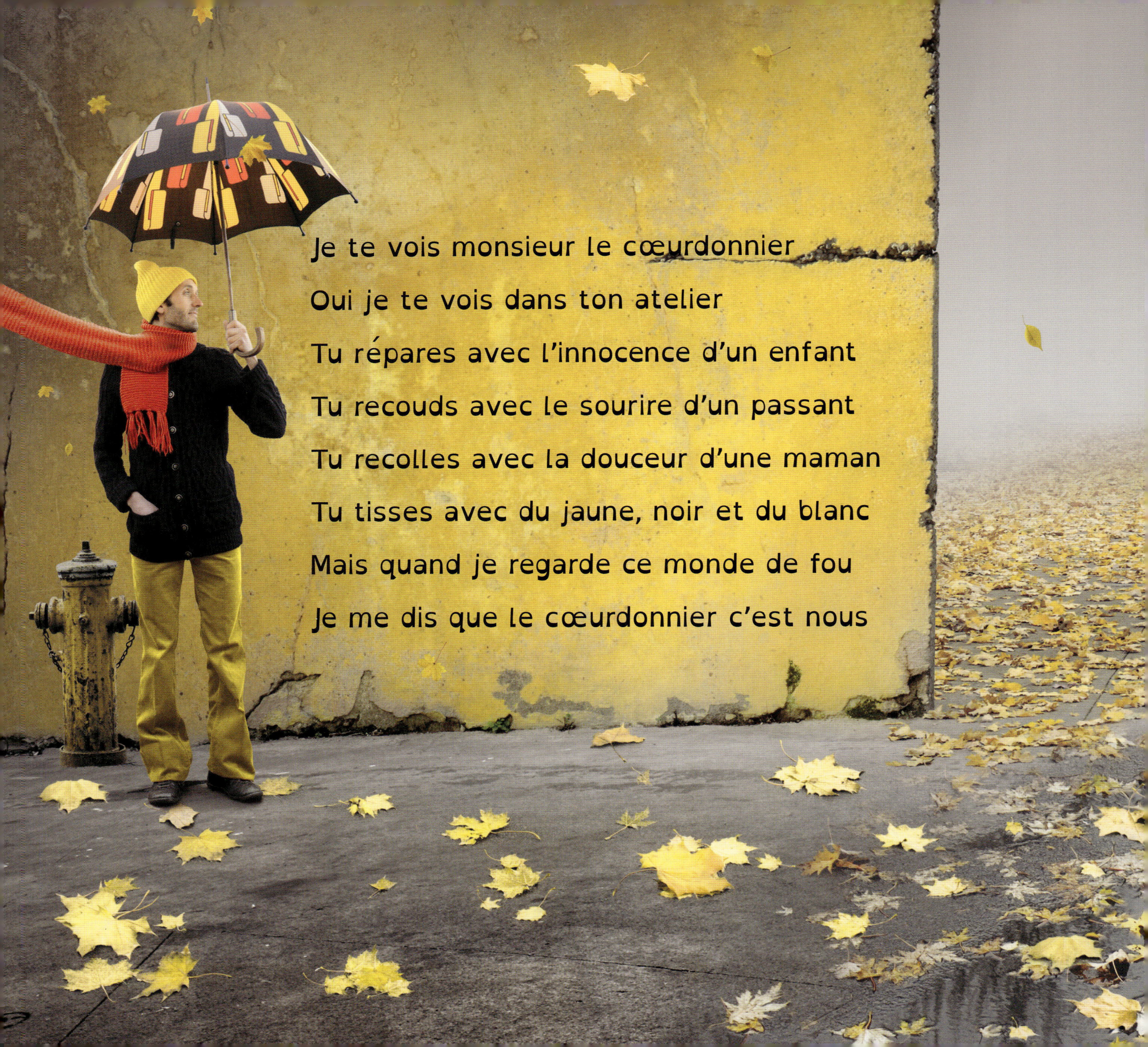

Je te vois monsieur le cœurdonnier
Oui je te vois dans ton atelier
Tu répares avec l'innocence d'un enfant
Tu recouds avec le sourire d'un passant
Tu recolles avec la douceur d'une maman
Tu tisses avec du jaune, noir et du blanc
Mais quand je regarde ce monde de fou
Je me dis que le cœurdonnier c'est nous

L'auteur...

Soprano

Originaire de Marseille, Soprano débute dans le rap avec le groupe *Psy 4 de la rime* dans les années 1990. Il se lance dans des projets solo et sort un premier album en 2007 *Puisqu'il faut vivre*. *Le coeurdonnier* est extrait de l'album *l'Everest*.

« Ma musique est là pour partager des émotions et réunir les gens,
et ça qu'importe sa couleur de peau, sa religion, sa classe sociale.
Je chanterai la paix et le mélange jusqu'au linceul. »

Retrouve le clip de la chanson
Le cœurdonnier

L'illustratrice...

Aude Léonard

Artiste-photographe, je vis et travaille à Marseille.
Mes images sont des mises en scènes, avec une part plus ou moins importante de photo-montage.
Elles sont la matérialisation d'un songe, d'un fantasme, d'une émotion.
Photographier le réel, le manipuler.
Dans cette réalité que je fabrique, tout devient possible.
Les murs s'animent et racontent des histoires, l'histoire entre les lignes
et la pudeur des personnages.

De la même illustratrice :
Le parapluie de monsieur Roland
texte d'Ariane Duclert

VIENS DÉCOUVRIR LES TRÉSORS DE LA MARMITE À MOTS

SUR **www.la-marmite-a-mots.fr**

La collection
Le fil d'Ariane

Une collection où la poésie des mots résonne des battements de nos cœurs et où la magie de la mise en scène fait naître l'invisible pour nos yeux.

Les Croqu'MITAINES

Parce qu'on a le droit d'aimer lire,
Parce qu'on a le droit de ne pas aimer lire,

Voici une drôle de collection d'aventures rocambolesques et amusantes pour tous ceux qui aiment rire et s'évader dans un monde où tout devient possible !

ADAPTÉ dys

Hors Collection

Quand le cœur de La Marmite fait BOUM pour une histoire, un album, un personnage, elle les range dans son grand chaudron étiqueté Hors Collection. Alors on plonge dans la bouillonnante Marmite !

BOUCLE BIEN TA CEINTURE DE SÉCURITÉ,
C'EST PARTI POUR LE MONDE MERVEILLEUX
DE LA MARMITE À MOTS !

À commander chez ton libraire préféré ou sur le site :

www.la-marmite-a-mots.fr

Cet album est adapté pour faciliter la lecture des enfants présentant des difficultés de lecture appelées "dyslexie".

La dyslexie est enfin reconnue comme étant un handicap, ce qui a fait évoluer le regard des parents, des enseignants, des camarades et plus encore le regard de l'enfant sur lui-même. Un suivi personnalisé et bienveillant, adapté à la dyslexie de l'enfant, lui permet de surmonter ses difficultés et de prendre confiance en lui.

La Marmite à Mots s'est donc entourée de professionnels de ce handicap, car nous refusons la discrimination culturelle et nous sommes profondément convaincus que tous les enfants sont des lecteurs.

Le livre est un partage avec l'autre et soi-même. Nous avons donc décidé que tous les enfants sans exception doivent avoir accès au même livre. Ainsi nous avons choisi le police de caractères Open Dylesxic, une taille de caractères et un interlignage appropriés à une lecture sereine et compréhensible.

Alors n'hésitez plus er venez vivre ces délicieuses aventures et semez avec nous des graines de lecture !

www.la-marmite-a-mots.fr

Éditrice : Caroline Triaureau
Conception graphique : Cèlia Bornas

ISBN : 979-10-95316-39-8
ISSN : 2496-6185
Dépot légal : 1er trimestre 2019

« CŒURDONNIER »
Paroles de Soprano
Musique de Soprano, MEJ, Fred Savio et Felipe Saldivia

Loi n° 49-956 du 16 juillet sur les publications destinées à la jeunesse

Imprimé par Alphabook - France en février 2019

RÉGION NORMANDIE
Liberté • Égalité • Fraternité
RÉPUBLIQUE FRANÇAISE
Ministère Culture
PRÉFÈTE DE LA RÉGION NORMANDIE

Ce projet a bénéficié d'un soutien de la DRAC de Normandie et de la Région Normandie au titre du FADEL Normandie